プーさんの鼻

俵万智

Tawara Machi

河出書房新社

プーさんの鼻　目次

プーさんの鼻

プーさんの鼻

腹を蹴られなぜかわいいと思うのか　よっこらしょっと水をやる朝

熊のように眠れそうだよ母さんはおまえに会える次の春まで

吾《あ》のなかに吾でなき我を浮かべおり薄むらさきに過ぎてゆく梅雨

耳はもう聞こえていると言われればドレミの歌をうたってやりぬ

2キロ入りのあきたこまちをカゴに入れこれがおまえの重さかと思う

ぽんと腹をたたけばムニュと蹴りかえす　なーに思っているんだか、夏

すでにおまえは一つのいのち日曜の朝の六時に動きはじめる

リーダーになるのが男の幸せという価値観の命名辞典

読みやすく覚えやすくて感じよく平凡すぎず非凡すぎぬ名

羊水のなかのしゃっくり「二学期が始まりました」とニュースは告げる

紅葉の見ごろ予想を眺めおりそのころおまえはこの世の人か

夕飯はカレイの煮つけ前ぶれを待ちつつ過ごす時のやさしさ

前屈《まえかが》みになりて校正続ければぐいとおまえはかかとつっぱる

時間かけ昔の写真眺めいる母よもうすぐ孫が生まれる

やがてくる命を待てば逆光に輝きを増す隅田川見ゆ

秋はもういい匂いだよ早く出ておいでよ八つ手の花も咲いたよ

海底を走る列車の音がする深夜おまえの心音を聞く

言葉にはうるさき母が「おばあちゃんでちゅよ」と言えり霜月三日

昨日咲いた花とおんなじだけ生きて命ちいさくのびをするなり

どこまでも歩けそうなる革の靴いるけどいないパパから届く

もう会わぬと決めてしまえり四十で一つ得て一つ失う我か

新生児ふかふか眠る焼きたてのロールパンのごと頭並べて

吾子《あこ》生《あ》れて三日目の朝病室に読む投稿歌どれもどれもよし

衆院選の結果聞きつつパンパースとグーンの違い検討しおり

バンザイの姿勢で眠りいる吾子よ　そうだバンザイ生まれてバンザイ

プルーンの種のようなる眼《まなこ》して吾子が初めて見ている我が家

おっぱいのこと考えて一日が終わる今日は何曜日だっけ

とりかえしつかないことの第一歩　名付ければその名になるおまえ

子のために乳房重たく実る午後　銀杏《いちょう》に雌雄《しゆう》あること思う

蒼空に飛ぶゆりかもめ乳を吸うコツをようやく吾子は覚えて

薄き舌を木の葉のようにふるわせてアングリーボーイ泣きやまぬ午後

おむつ替えおっぱいをやり寝かせ抱く　母が私にしてくれたこと

湯からあげタオルでくるむ茹《ゆ》でたてのホワイトアスパラガスのようだね

ふるえつつ天抱くしぐさ育児書はモロー反射と簡単に呼ぶ

日曜の朝の「週刊ブックレビュー」もう一週間まだ一ヶ月

泣くという音楽がある　みどりごをギターのように今日も抱えて

空港へ向かうリムジンバスの見ゆ吾子と二人の冬の窓から

親子という言葉見るとき子ではなく親の側なる自分に気づく

喧噪《けんそう》は我には遠く来週は来年かとのみ思うクリスマス

ひざの上に子を眠らせて短篇を一つ読み切る今日のしあわせ

長い夜を吾子と漂い時おりは右の目やにをぬぐってやりぬ

年末の銀座を行けばもとはみな赤ちゃんだった人たちの群れ

大寒の朝のスプーンのひいやりとみどりりんごの果汁

四万十《しまんと》の源流点を思いおり　ある朝吾子に笑い生まれる

眠りつつ時おり苦い顔をする　そうだ世界は少し苦いぞ

唯一の存在という危うさを子と分かちあう冬空の下

機嫌のいい母でありたし無農薬リンゴひとかけ摺りおろす朝

おさなごの指を押さえてこの淡き小さき世界のふち切り落とす

私から生まれ私に似ているが私ではない私のむすこ

みどりごの眠りは深し口もとのガーゼかすかに震わせながら

乳はときに涙にも似て子の寝顔見れば奥よりつんと湧きくる

子のために食べる体となることのカフェインレスのコーヒー甘し

眠り泣き飲み吐く吾子とマンションの五階に漂流するごとき日々

笑顔に今日声がついたよモノクロの画面カラーに変わるみたいに

生きるとは手をのばすこと幼子《おさなご》の指がプーさんの鼻をつかめり

いつまでも眠れぬ吾子よ花の咲く瞬間を待つほどの忍耐

我が腕に溺れるようにもがきおり寝かすとは子を沈めることか

砂時計の最後の砂が吸いこまれ落ちゆくようにやがて眠れり

もう乳はいらぬと舌で押し返す小さき意志は真珠の白さ

イエスタデイ揺れながら聴き眠る子よ三ヶ月ぶんの昨日を背負い

立春の朝の小さな哺乳瓶　手を添えるとは優しきしぐさ

帰るまでいい子でいてね幼子は今日は左を向いて寝ており

出張は淡海《おうみ》のほとり置いてきた子のことばかり思う夕波

子をあやす人をロビーに見つければ紙風船を我も目で追う

吾子はもう眠っているか「のぞみ号」ひとつ早めて帰路につきたり

目覚めればベッドの上のみどりごは足の裏さかんに上下させおり

子が舐める赤いおしゃぶり球という形を舌で味わうように

地球儀の日本列島むずがゆき感じするなり桜咲くころ

昨晩の雨に湿れる公園に惜しみなく笑うみどりごといる

初めての春の空気に子をひたすアワユキエリカけぶり咲く道

朝も昼も夜も歌えり子守歌なべて眠れと訴える歌

ついてってやれるのはその入り口まであとは一人でおやすみ坊や

吊り橋を行きつ戻りつするように怖れつつ子は眠りに落ちる

はずみつけ腰をひねっておっとっと寝返りはまだうまくできない

子を預けもの書く我の指先に枯葉のような音が生まれる

我よりも年若きベビーシッターに子は生き生きと抱かれており

咲きおえし花のごとしもゆく春の乳房はすでに張らなくなりぬ

四時間の単位でものを考えるミルク時計となりたる我は

なめらかにものを摑《つか》めぬ手のひらがＵＦＯキャッチャーのように動けり

記憶には残らぬ今日を生きている子にふくませる一匙《ひとさじ》の粥《かゆ》

教え子に教えられてる昼下がりベビースリング通販で買う

母なればたくましきかな教え子は子をぶらさげて渋谷まで行く

フリージア、スイトピーなど飾れるに子はまずつかむ白きかすみ草

抱かされて困りはてたるじいちゃんが唄いはじめる「子連れ狼」

孫に語る「ねずみとクモ」の物語　わたしにも昔聞かせてくれた

起きあがりこぼしいつまで起きあがるりんどんりんどん鳴りやまぬ午後

寝返りをふいに完成したる子の瞳に映るテーブルの脚

月齢で呼ぶ優しさやみどりごのアルバムは今日二冊目となる

クロッカスの固き花芽の萌《きざ》すごとぽちりと吾子の前歯生え初《そ》む

ベビーバスこのごろ狭くなってきて高校野球は準々決勝

葉桜のみどりにすいと手を伸ばす坊やいつまで私の坊や

友の死を告げる電話を置きしのち静かに我は哺乳瓶洗う

何度でもぴょんぴょん跳ねる膝の上ここからここから始まってゆく

子を真似て私も本を嚙んでみる確かに本の味がするなり

あの赤い花がつつじでこの白い花もつつじと呼べる不思議さ

記念写真撮らんとするにみどりごは足の親指飽かず舐めおり

イチゴという言葉知らねどこの赤くあまずっぱいもの子は好きになる

ろうそくの炎初めて見せやれば「ほう」と原始の声をあげたり

蒸し栗のような匂いに汗ばめる子どものあたま、五月となりぬ

しがみつきながら体をかたむけて子は犬という生き物を見る

昨日すこし今日もう少しみどりごはもこむくもこむく前へ進めり

プラタナス今年も咲けりみどりごのいない暮らしを我は忘れて

アボカド

花火果てて後の川面《かわも》のゆらゆらの渋滞をゆく屋形船見ゆ

アボカドの固さをそっと確かめるように抱きしめられるキッチン

作り話の水平線に見えてくる船の小窓の中の真実

平日を足しても足しても週末にならない夢を我は見ている

フォークダンスのように相手を替えながら時間通りに終わるパーティ

撮影に「太陽待ち」という時間あり疑わず待つ人は光を

居酒屋の一つハンガーにかけられた我のコートと君のオーバー

ニュアンスのある口づけのごとくして舌に馴染んでゆく温《ぬる》き酒

なつかしい自分の身体《からだ》を抱くようにある朝君を求めておりぬ

さくら桜そして今日見るこのさくら三たびの春を我ら歩めり

しぼるほど雨を降らせし空晴れて女の腹のような雲見す

うしろから抱きしめられて眠る夜　君は翼か荷物か知らぬ

一分をまとめて進む長針がひた、ひた、ひたと迫るさよなら

人去りて我がものとなる露天風呂　風のかたちに洗われてゆく

夕闇に浮かんでおりぬ「考える人」の背中のような島影

三文小説に三文の値打ちあることを思いて人と別れゆくなり

父の定年

春、父に定年退職迫るころ島耕作は部長となりぬ

トーストにハチミツをぬり四十年変わらぬ朝のメニューととのう

最後かもしれぬ会議と思うゆえ五分早めに家を出る父

もう縁のなき学会誌読んでおりいつの日も父は磁石を愛す

起きぬけに思い出話をする父に行かねばならぬ会社はあらず

第一も第二もなくて人生は続いてゆくよ昨日今日明日

三十年ぶりに絵筆をとる父に母はさほどの興味示さず

根拠なき自信に満ちて花を描く父は父らしく老いてゆくらし

裸の空

笑うとき小さく宿る目の下の皺が好きだよ、笑わせたいよ

「ニューヨークは巨大なゴールデン街」と君はいつもの大股歩き

恋よりも友情というポジションを選んでしまう三十代は

裏表なく飲んでいる白ワイン　空の青さのリトルイタリー

唐突に鶴の折りかた訊《き》かれれば母の口調で翼をひらく

ライオンのようなあなたの全身に口づけてゆく「大丈夫だよ」

ハプニングでしか結ばれぬ我らゆえ夜のマンハッタンにサイコロを振る

二日酔いの君が苦しく横たわる隣で裸の空を見ていた

時差

時差はいつも酒の差としてどちらかが酔ってかけてる国際電話

秋空に秋あかね飛び日本人であることを問うあなたの手紙

大花火のフィナーレのごとく口づけて見えないものを抱きしめていた

楔形《くさびがた》文字を読めない吾と君に「目には目を」とぞ語る法典

遠ざかる君のリュックを見ておりぬサヨナラ三角また来なくても

六年とう月日の長さ短さを計りて計りきれぬ水際

まっすぐに怒るあなたを背中から毛布をかけるように愛した

卵

処女《をとめ》にて身に深く持つ浄き卵《らん》秋の日吾の心熱くす　富小路禎子《とみのこうじよしこ》

ヒトでありメスであること「卵」という言葉選びし禎子を思う

不妊という悩み持ちたる女らが手つなぎにくる「子宝倶楽部」

励ましの言葉あふれるＢＢＳみんな自分を励ましている

匿名の悩み相談に匿名の回答ありて青き掲示板

おずおずと我も書き込みしてみたり寂しき踊りの列に連なる

匿名は仮面にあらず名を伏せて人は本音を語りはじめる

ＡＩＨ、ＩＣＳＩ……ロボットの部品のごとき専門用語
絵を描いて説明されれば飛び立てぬ鳥の形をしており子宮
排卵日に合わせて愛しあうことの正しいような正しくないような

我が内に二十四時間咲きながら立ち枯れてゆく花の一輪

反歌・駅弁ファナティック

ドリアン・T・助川の詩集
『駅弁ファナティック』を長歌として

銀シャリという語を思う炊きたての言葉に満ちた詩集が届く

青森駅
もう少し生きてみようか駅弁は「漁師のごちそうたらの味噌焼き」

大船駅
十代の鉛の言葉に押されれば銀の背中の俺は鰺《あじ》寿し

上野駅

きぬさやのこいのさやあてにんじんはたけのここいしいしいたけきらい

鳥取駅

希望から筋肉生まれ海を飛び空を泳いだトビウオの寿し

千葉駅

「はまぐりが笑っているの？」苦しくて笑っているね、そうだね、ぼうや

高崎駅

こんにゃくを煮ながらくつくつ考える選挙ののちのだるまの行方

岡山駅

かまぼこのぴんくのえがおキティちゃんはいつか女になるのだろうか

敦賀駅

コシヒカリの上に並んで薄味の秘伝の技の鯛の思春期

米原駅

六の目をつづけて出したすごろくの寂しさに似たくちづけを受く

水戸駅

「印籠《いんろう》は国家権力の象徴だ」君の怒りの三段重ね

名古屋駅

スナフキンになりたい男が多すぎておさびし山の名古屋味噌カツ

小淵沢駅

「元気甲斐《げんきかい》」という名の弁当食べるとき山女《やまめ》は原田、ゴボウは鈴木

浜松駅

しらすには白い体と二つの目うくぷることぽろ息をしている

西武秩父駅

秩父秩父正しき田舎名も知らぬジオラマ山と祭りちらしと

和歌山駅

愚かさは線を引くこと国と国、男と女、過去と現在

松阪駅

元祖にして特撰にして松阪の弁当となる牛の百恵は

大阪駅

知っとるか、たこやきだけやあれへんでナウいヤングはドライカレーじゃ

京都駅

メニューには非菜食者のページあり「非」の方へ我は分類される

大分駅

もしもじゃよジャコメッティが食ったらじゃジャパンじゃこめしじゃこのまなざし

吉野口駅

くるまれる寿しよりもくるむ柿の葉の心いただく柿の葉寿しの

白い帽子

白い帽子かぶって会いに来る人を季節のように受け入れている

コンビニでスキンケアセット買うときに描かれている夜のシナリオ

通り雨のような口づけ　もっとちゃんと恋をしてからすればよかった

遠く遠くサイレンの音この部屋に今いることが私の答え

イオカードに刻印された駅名が確かにあった昨夜を告げる

言葉ではなくて事実を重ねゆくずるさを君と分かちあう春

炊きたての朝ごはんなり年下の男はこんなことまでできて

「牛スジが安かったから」新聞を読まない君の煮込みはうまし

抱きあえばもっともっと知りたくなる初恋、いもうと、少年時代

御破算で願いたいけどどうしてもゼロにならない男がいます

留守電にメッセージなく真夜中に君が残した着信履歴

比べつつ愛しはじめている我か靖国通りは今日も渋滞

不意打ちの若さと思う携帯のメールに君は☆を飛ばして

焼きとり屋で笑いつづけて二人して思い出せない映画の名前

深夜なにに乾杯しようかコンビニでもらった桜模様のグラス

残り時間我より多き若者はボチボチという語をよくつかう

芽キャベツのような夢だね未完熟の言葉に宿る芯のまぶしさ

香を焚《た》きあなたを待てど我が部屋は図書館みたいと言われてしまう

五分咲きの桜のようなだるさにて恋のはじめはいつも寝不足

マニキュアという名の手錠をかけられて乾くまでなにもできない両手

角砂糖ざらざら舐めているようなキスをしており葉桜のした

唇を離して「つづきは今度」ってこないかもしれないよ今度は

不良債権のような男もおりまして時々過去からかかる呼び出し

照れくさい言葉を君はカタカナで言う癖があるアイタイコンヤ

君が来る来ない来る来る買い置きの食材増えてゆく冷蔵庫

辛《から》い顔すっぱい顔が見たかったトム・ヤム・クンのクンはエビだよ

サヨナラのキスのかわりに触れ合った指先が遠ざかる人ごみ

鍋

数時間のちに別れを告げられる君の笑顔がひかる改札

吾と君のあいだで鍋が鍋だけがあたたかな湯気たてているなり

なんにでもミネラルウォーター使うことまた非難されまた反論す

ぐつぐつと水菜の横で煮えている「友だち」という言葉のずるさ

今日の日はさよならという歌ありぬ明日はどうとも思わず歌う

なめらかな豆腐の白が揺れている出会ったころの二人のように

昆布はもう引き上げようよささやかなことにも確かにあるタイミング

これが最後の晩餐《ばんさん》なのに長ネギが嫌いだなんて知らなかったよ

さかのぼってあなたを否定するわけじゃないけど煮えすぎている白菜

カニの身をせせる時間を救いとしはっきりさせたいいくつかのこと

雑炊を食べきったなら何ごともなかったように終わりにしよう

ラヴチェアー恥ずかしきもの買わせたること深々と腰まで沈む

二人してビデオを見るということの空しさをついに言いだせざりき

夏の子ども

この夏は猛暑の予感ぐらゆらとつかまり立ちを始めるおまえ

みどりごと散歩をすれば人が木が光が話しかけてくるなり

あーじゃあじゃ、うんまばっぽー、この声がいつか言葉になってゆくのか

タグが好きシャツもタオルも人形もとりあえずタグいつまでもタグ

目覚めれば我が太ももを越えてゆくおまえとやがて来る夏を待つ

水遊び　水と遊ぶということを盥《たらい》の中で子は続けおり

おさなごがビールの缶を抱きしめてぷはっと笑う　それは私か

一人遊びしつつ時おり我を見るいつでもいるよ大丈夫だよ

こんもりと尻あげたまま眠りいる吾子よ疲れた河童のように

父のこと今年はおじいちゃんと呼び我が四十の夏は来たれり

隅田川の花火だ今日は甚兵衛《じんべえ》が似合うね日本の男の子だね

軽々と肩車されはしゃぐ子よそれが男の人の背《せい》だよ

子が握り散らしてしまうラベンダー朝の舗道をうすく香らせ

昼寝する吾子の横顔いっぽんの植物の蔓《つる》のごとくたどれり

少しずつ目覚めるおまえ世界とのわずかな距離を取り戻しつつ

幾たびも子に嚙まれたる右肩のみみず腫れ、いや薔薇《ばら》の刺青《いれずみ》

耳の穴こしょこしょ指で掻いてやる猿の母さんのような気持ちで

夜泣きするおまえを抱けば私しかいないんだよと月に言われる

真夜中の鬼追うごとしいつもいつもおまえに少し遅れて眠る

朝五時の公園ゆけば早起きの人らかすかに連帯しあう

おまえにはじいちゃんがいる背を曲げて肩車してくれるその人

舟になろういや波になろう海になろう腕にこの子を揺らし眠らし

親指が縦になるまで背伸びして子はテーブルの上を見ており

ものに名のあるとう不思議知りそめて朝ごと吾子が揺らす「かあてん」

つゆ草の青

裸にするたび小ささに驚けり毎日毎日抱いているのに

みどりごは野から来たれりつゆ草の青ほのぼのと体に残し

たんぽぽの綿毛を吹いて見せてやるいつかおまえも飛んでゆくから

人気《ひとけ》なき朝の公園過ぎるとき子が真似をするラジオ体操

子の名前、犬の名前を聞きあいて橋のたもとに人と別れる

一、二、三、四秒立った五、六、七、八秒立った昨日今日明日

はつなつの光を汗にかえながら子は黄の薔薇をむしりつづける

むしろ死に近きおさなご這《は》いゆけばダメダメダメが口ぐせとなる

背を丸め吐いたミルクを触りおり自分のつづきの何かのように

スーパーに特売の水並びおり子は買うものとして水を見る

うつぶせに眠るおまえの足の指えんどう豆のように並ぶよ

誰が教えているのだろうか右足の一歩の次は左を一歩

祖母と母いさかう夜の食卓に子は近づかず一人遊びす

もじょもじょぷつり

初めてのもじょもじょぷつり今朝吾子はエノコログサの感触を知る

ママとのみ呼ばれて終わる離乳食講習会のテキスト軽し

自分の時間ほしくないかと問われれば自分の時間をこの子と過ごす

川べりの道に黄色く笑いおり季節はずれのたんぽぽ王子

ぴったりと抱いてやるなり寝入りばなジグソーパズルのピースのように

右腕のつけ根あたりに子の頭のせるにちょうどよきくぼみあり

「とんちんかん」と書かれたページで子は笑う必ず笑う「とんちんかん」で

竹馬のように一歩を踏み出せり芝生を進む初めての靴

気配濃く秋は来たれりパンのことパンとわかってパンと呼ぶ朝

「かーかん」と呼んだ気がする昼下がりコスモスだけが頷《うなず》いている

さよならの意味を知らないみどりごが幸せ分かつように手を振る

黄昏《たそがれ》のイルミネーション見せやれば子は指させり青きイルカを

叱られて泣いてわめいてふんばってそれでも母に子はしがみつく

外遊び終えたズボンを洗うとき立ちのぼりくる落葉の匂い

弟の結婚

軽井沢の空気ひんやり深まりてもうそこにある弟の結婚

アメリカに二人で旅行せし時のリュック遠くで小さく揺れる

子ねずみの衣装をつけた弟を追いかけていた夕陽の向こう

「生まれたよ」と父親の声はずみつつ五月の朝に弟が来た

小遣いはもらったその日に遣いきるのび太のような弟なりき

ひげづらの高校生とはなりにけり荻野目洋子ファンの弟

大学院卒業したる弟は肉体《からだ》を使う仕事を目指す

初めてのデートは焼鳥屋と言えりきっと私と行ったあの店

弟のために浴衣《ゆかた》を着るという女《ひと》一人いる花火大会

「いい感じの彼女ね」と言い「そう言ってくれると僕も嬉しい」と言い

十月の高原行けば夏の蚊と秋の蜻蛉《とんぼ》と乾いた風と

ためらわず妻の名前を呼び捨てる弟に流れはじめる時間

祝福の花びらのなか弟はよくある風景のヒーローとなる

家族という語の輪郭をにじませて涙こぼれるチャペルに立てば

「おめでたい日になぜ泣くのマスカラがとれるじゃないの」と母が囁《ささや》く

新郎と呼ばれて顔をあげている弟はずっとずっと弟

金木犀《きんもくせい》の香りのなかの挙式かな秋に一つの意味を加えて

ブーケトスおどけてキャッチする我の中で何かが泣きそうになる

手をつなぎ森の中へと遠ざかるチルチルミチルのように弟

花嫁の生花のブーケ褒《ほ》めやれば3万5000円也と言う

事務的な感じの茶色の封筒でタヒチの旅の日程届く

弟が彼女とタヒチへ旅立つ日読み返してる「月と六ペンス」

初めての幹事となりし弟と下見した街、新宿を行く

除夜の鐘二人で聴きし歳月よ永久《とわ》という語を疑いもせず

ふるさとに降る雪年々減るという父母のめぐりは軽くなるらし

X－メンの試写会終わり「それじゃあ」と弟が帰る新しき家

メロン

初恋の人に似ているミュージシャンかさぶたをまだ残したままの

何もかも隠さず書こうと決めてより傷つけあいし交換日記

逆光に桜花びら流れつつ感傷のうちにも木は育ちゆく

「はる」という敬語つかえぬ国に来て我が日本語のしまします模様

虎の威《い》を借りる狐のものがたり生徒らは生きる知恵として聞く

祖父逝けり一人の妻と五人の子、九人の孫と二人のひ孫

常温の冷やを好める男にて慰められも慰めもせず

熱燗《あつかん》を注げば素焼きのぐい呑みの土の時代が匂う一月

産むという生物学的限界に左右されたくない恋もある

ルーレット、一寸先は闇となり光となりてめぐる円盤

熊を使い人を殺してゆくゲーム三分で我は八人殺す

他人から見える幸せ一身にまといて光る電飾の家

前歯二本欠けたるごとしと君は言うマンハッタンをふり返るとき

芋《いも》の香を今しばらくはとどめおき喉をぐらりと揺らせる「魔王」

黒豚のしゃぶしゃぶひらり毒舌を期待されいる人の毒舌

「これもいい思い出になる」という男それは未来の私が決める

母の切るメロンは甘し四十になっても私はあなたの娘

木馬の時間

たんぽぽの斜面をゆけり犬が子がたぶん蚯蚓《みみず》がきっと魑魅《すだま》が

歌おうよぴっとんへべへべ春の道るってんしゃんらか土踏みしめて

外に出て歩きはじめた君に言う大事なものは手から放すな

地球少し今日も衰えゆく春を産んでは死んでゆく蝶の群れ

永遠に子は陸つづきあかねさす半島としておまえを抱く

納豆は「なんのう」海苔は「のい」となり言葉の新芽すんすん伸びる

子を抱き初めてバスに乗り込めば初めてバスに我が乗るごとし

夢の中で夢の水などこぼしたか「あーあ」と言って寝返りをうつ

初対面の新聞記者に聞かれおりあなたは父性をおぎなえるかと

理論武装してもいいけど理論では育てられないちびくろさんぼ

悪気なき言葉にふいに刺されおり痛いと思うようじゃまだまだ

何度でも呼ばれておりぬ雨の午後「かーかん」「はあい」「かーかん」「はあい」

あんぱんまんの顔がなくなるページありおびえつつ子はしっかりと見る

壁紙のキリン絵本のなかのキリン子の知るキリンはどれも動かず

怖れつつこちょこちょを待つ子の瞳　濡れた小石のように輝く

くまパンのページ見せればパソコンの画面の裏を必ず覗《のぞ》く

「かーかん」にいろんな意味のしっぽあり「かーかんやって」「かーかんちょうだい」

いつも通り受話器よこせと騒ぐ子よ落選の報受けいる我に

受賞の弁考えていた恥ずかしさ子のために煮る豆腐ふるえる

落ちこんでいるひまもなく子を風呂に入れおりどうってことはなかりき

揺れながら前へ進まず子育てはおまえがくれた木馬の時間

子の語彙《ごい》に「痛い」「怖い」が加わって桜花びら見送る四月

明け方の錯覚たのし一歳の我が隣に寝ているような

立ったまま雑誌読みいる私を子が見上げおりいつからそこに

靴を履く日など来るかと思いいしに今日卒業すファーストシューズ

半年で買い換えてゆく子の靴に我が感慨も薄れてゆかん

この中にアリがいるよと教えれば子はアリの巣を「なか」と覚える

体操の弘道《ひろみち》おにいさんいなくなり少し寂しいテレビの春は

「ばあば、かぎ、がちゃがちゃ」吾子は不器用な積み木のように言葉を積めり

子を連れて冷やし中華を食べに行くそれが私の今日の冒険

月まで行って

いつの日も自然は無言もう一度ひ弱な葦《あし》になれるだろうか

明るくは語れぬ地球を手渡して夕餉《ゆうげ》に選ぶ有機人参

まだ何もイヤなことなどなかろうにイヤイヤイヤを子は繰り返す

もう我が何をしようと驚かぬ母が驚く孫の「コニチハ」

びっくりとブロッコリーは似ていると子の発音を聞きつつ思う

みかん一つに言葉こんなにあふれおり　かわ・たね・あまい・しる・いいにおい

着ぶくれて石拾う子よ人類は月まで行って拾ってきたよ

リセットのできぬ命をはぐくめば確かに我は地球を愛す

あとがき

まもなく二歳になる息子と散歩をしていたら、セミの幼虫を見つけた。抜け殻は、いくつも集めてきたけれど、生きた幼虫は初めてだ。書斎のカーテンにとまらせてみると、数時間後に羽化しはじめた。背中が割れ、上半身が徐々に出てくる。ぐぐっと反らせた上体を、白い糸のようなもので殻につなぎとめている。抜け殻に必ずついている、あのもしゃもしゃした糸は、これだったのか、と思う。

完全に殻から抜け出たセミは、じっと動かない。薄切りのキュウリのような羽。くもり硝子の彫刻のような羽。それが時間とともに茶色くなり、透きとおり、自分の知っている普通のセミになっていった。

花が咲くのを見守るような時間は、子どもには退屈だったらしい。羽化のあいだはちらちら見るだけで、ようやくセミらしくなってから、「とぶ?」と聞いた。

四十歳を過ぎて、初めて見る光景に、私のほうが興奮していた。これは出産だ!と思った。体を割り、闇に向かって命を押し出すのだから。

子どもと暮らすようになって、こういう時間が増えたな、と思う。二十代、三十代の頃と比べると、行動範囲は笑ってしまうほど狭い。それでも、子どもの存在は、次々と私を初めての場所に連れていってくれる。

八年半ぶりとなるこの歌集には、子どもの歌が圧倒的に多い。ちょっとどうかと思うほど、たくさん作ってしまった。同じ素材、同じテーマで、こんなに作ったのは初めてのことだ。いや、同じ素材でありつづけないから、作らされてしまう、と言ったほうが正確かもしれない。

子どもは、大げさでなく、一日一日変化してゆく。その存在に振り回される日々のなかで、なんとか自分の心を、言葉で追いかけてきた。

たぶん短歌でなかったら、できなかった、と思う。子育ては、驚きと慣れの連続だ。一度慣れてしまったら、はじめの驚きの感覚は失われてしまう。それはそうでなかったら、前へは進めないわけで、子どもが歩くことに毎朝感動している親はいないだろう。だからこそ初めの一歩の驚きを、逃さずに三十一文字に刻みたい、と思った。短い言葉ならではの反射神経が、役に立った。

子どもの歌、恋の歌、家族の歌……。短歌は、私のなかから生まれるのではない、私と愛しい人とのあいだに生まれるのだ。三十代半ばから四十代はじめの作品を整理しながら、あらためてそう思った。愛しい人との出会いに感謝しつつ、三百四十四首を、本集のために選んだ。

そして歌集は、愛しい編集者とのあいだに生まれる。二十年近くさかのぼる出会いの時から、おりにふれて「歌集を」と言いつづけてくれた平尾隆弘さん、エッセイ集を手がけてきてくれた田中光子さん、川田未穂さん。三人の愛の力に感謝したい。

二〇〇五年　夏　　　　俵　万智

河出書房新社版に寄せて

『プーさんの鼻』を出版した年の夏、こんな一首を詠んだ。

アルバムに去年の夏を見ておりぬこの赤ん坊はもうどこにもいない

たった一年で、「もうどこにもいない」と思うほど、子どもは成長してしまう。

久しぶりにこの歌集を読み返してみると「もうどこにもいない」感は、いよいよだ。

息子は今、中学二年生。背丈は高く、声はいつのまにか低くなった。乳幼児期とは異なり、私の知らない時間を、たくさん生きている。

写真もたくさん撮ってきたが、短歌にはその時その時の「心」が写っている。何を目にしたかに加えて、何を感じたか。短歌のおかげで、もうどこにもない日々が、そのままの鮮度で蘇る。

「プーさんの鼻」百首を発表したのは、歌誌「短歌」の二〇〇四年六月号だった。「俵万智特集」が組まれ、編集長が「なるべくたくさんの新作を。二十首、三十首……いやいや百首！」と言い出した。無茶ぶりの得意な人なので、「また言ってる！　絶対無理」と尻込みしたのだが、気がついたら百首、詠めてしまっていた。

短歌は心の揺れから生まれる。子どもとの日々は新鮮で、毎日が揺れの連続で、短い詩型だからこそ小まめにキャッチできた。育児と短歌は、とても相性がいいということを、身をもって実感した。

これまでの女性歌人の歌集を繙《ひもと》くと、子どものことを詠んだ人は多いが、意外なことにその「数」自体は、それほど多くはない。「数」だけでいうと、自分がダントツのようだ。後輩の女性歌人から「育児のことを詠もうとすると、たいてい万智さんが歌っちゃっているから、私たち落穂ひろいしかできない」と言われたこともある。が、そんなことはないだろう。恋の歌が詠みつくされないのと同様、育児の歌も、これから無数に詠まれていくことと思う。近年では、女性が育児の歌を、細やかにたくさん詠む傾向が見られ、そのような男性歌人も次々と現れている。きっかけの一つが、拙著だとしたら、とても嬉しい。

今年は『サラダ記念日』から三十年ということで、歌人の穂村弘さんと対談する機会があった。彼が、久しぶりに私の歌集すべてを読み返してくれて気づいたのが「一貫して恋の歌を作ってますね（笑）」。確かに、教師時代にも、子どもが生まれても、五十代になっても、恋の歌は詠み続けている。この歌集にも、たっぷり入っている。作者としてはそこも、味わって楽しんでいただければと思う。

本書は幸せなことに、酒井駒子さんの装画に包まれて新たな出発をする。酒井さんの絵本『よるくま』は、息子が大好きな一冊だった。何度も読んでいるから、もちろんストーリーは知っている。夜、おかあさんがいないことに気づいたよるくまちゃんが、探しに出かける話なのだが、私が読んでやると息子がいちいち言葉を挟んでくる。

「よるくまちゃん、そこにはおかあさんいないよ」「よるくまちゃん、だいじょうぶ、おかあさん釣りにいってるだけだから」

ネタバレもいいところだが、最後におかあさんと会える場面では、きまって息子の顔が、ぱあっと明るくなる。そして「ね！　たくみん（息子の愛称）の言ったとおりだったでしょ」と、よるくまちゃんに恩を着せるのだった。

「ねえ、たくみん、おかあさんの大切なご本に、よるくまちゃんの人が絵を描いてくれたよ」と、あの頃の息子に教えてやりたい。

二〇一七年　秋

俵　万智

本書は二〇〇五年単行本として、二〇〇八年文庫本として、文藝春秋より刊行されたものを、新たな装丁で復刊しました。

俵　万智（たわら・まち）

一九六二年、大阪府に生まれる。八五年、早稲田大学第一文学部卒業。八六年、作品「八月の朝」五〇首で第三二回角川短歌賞を受賞。八七年、第一歌集『サラダ記念日』を刊行。同書で第三二回現代歌人協会賞を受賞。他の歌集に、『かぜのてのひら』『チョコレート革命』『プーさんの鼻』（第一一回若山牧水賞）『オレがマリオ』など。また、与謝野晶子の『みだれ髪』を訳した『チョコレート語訳　みだれ髪』、評論『愛する源氏物語』（第一四回紫式部文学賞）、小説『トリアングル』など、著書多数。

プーさんの鼻

二〇一八年　二 月二八日　初版発行
二〇二三年　七 月三〇日　2刷発行

著　者——俵　万智
装　丁——菊地信義
装　画——酒井駒子
発行者——小野寺優
発行所——株式会社河出書房新社
東京都渋谷区千駄ヶ谷二—三二—二
電話（〇三）三四〇四—一二〇一（営業）
（〇三）三四〇四—八六一一（編集）
https://www.kawade.co.jp/

印刷——株式会社亨有堂印刷所
製本——小泉製本株式会社

Printed in Japan　ISBN978-4-309-02651-0

河出書房新社＊俵万智の本

サラダ記念日

「この味がいいね」と君が言ったから七月六日はサラダ記念日——口語を使った清新な表現で〝与謝野晶子以来の天才歌人〟と話題になった、鮮烈の第一歌集。280万部のベストセラー！

かぜのてのひら

三度めの春を迎える恋なればシチューを煮こむような火加減——恋。そして4年間教師をした高校の教え子たちとの別れ……『サラダ記念日』刊行後の激動の24歳から28歳までをうたう感動の第二歌集。

河出書房新社＊俵万智の本

チョコレート革命

眠りつつ髪をまさぐる指やさし夢の中でも私を抱くの——甘くも苦い大人の恋をうたい〝恋愛歌人〟の名を不動のものにした、今なお伝説の歌集。28歳から34歳までの作品を収録。

みだれ髪

チョコレート語訳

〈燃える肌を抱くこともなく人生を語り続けて寂しくないの〉——スキャンダラスにして情熱的な与謝野晶子の名作を、俵万智が短歌の形式で訳してみると⁉百年前の恋の陶酔が甦る、俵万智と与謝野晶子の競演。

河出書房新社＊俵万智の本

英語対訳で読む サラダ記念日

J・スタム 訳

教科書でもおなじみの、あの名歌が英語になった。美しい日本語と英語が同時に楽しく学べる！『サラダ記念日』が2倍味わえる!! 280万部のベストセラー歌集の対訳版。

旅の人、島の人

虫は怖いし、魚は捌けない。アウトドアが大の苦手だった著者による、石垣島での3年。「旅の人」というには長く、「島の人」というには短い、そんな時間の中で綴られたエッセイ集。